日々に木々ときどき風が吹いてきて

Kawakami Manami

川上まなみ歌集

現代短歌社

目次

Ⅰ

Ⅱ

III

IV

V

VI

日々に木々ときどき風が吹いてきて

I

浅い眠り

まず街の静かなことを書いてゆく日記始めの夜やわらかく

あなたにはあなたの場所がちゃんとありそこを遥けく照らす灯台

門番のように誰かがそこにいる薪ストーブへ近づいてゆく

薪をくべなければ消えてゆく火だと私のこころの火にも思った

スプーンが触れてちいさな音がするコーヒーカップを持ち上げるたび

春の日の浅い眠りのようにしてわたしに宛てた手紙が届く

あなたからはなれて暮らす晩春の机に置かれている裁ち鋏

まなうらにひとつの鳥を飼い慣らすさびしさにいちばん近い鳥

石鹸を撫でて減らしてゆくことを日々にして　もうずっと会わない

あこがれ

人の名を覚えられない　夕暮れの火星探査機調査のニュース

火傷した指にみずぶくれのできてわたしのどこまでが海だろう

階段を上ってすぐのはめ殺し窓　先生と呼ばれて過ごす

自転車が過ぎて生まれる風のように不安はわたしの身体をよぎる

教卓の前に座ってあこがれの人を光に例えている子

向き合えば怒りたくなることもある　音楽室の窓半開き

つり革の長い方だけ揺れている　あの時無理と言えばよかった

カッターを引き寄せるとき女生徒に「死ね」と言われたこと思い出す

放課後の板書練習しておれば声にまみれている学校は
グラウンドに野球部がいなくなってから夕暮れていく六月の空
やけに軽い机を運ぶ「先生って嘘つきばっか」と愚痴られながら

途切れたりまた聞こえたりする声の下校時間は過ぎているのに
紫陽花のような眠気が触れてきてそれがどこかへ行くまで待った

ちいさな淀み

いつまでもさら地のままの場所があるこころに、立ち止まって見る月

通帳の印字の薄い七月のそこから減っている貯金額

キッチンに月の薄明りは差して古い映画について話した

あなたからいちばんとおい場所にある風をあなたは抱きしめにいく

三月はちいさな淀みこの町を出てゆく人にもらう本棚

この世の春のなかにひかりは集まってあなたが笑っているから笑う

みずうみのふち

手の先を水へとひたすみずうみのふちに三つの船は並んで

波の綾手から生まれて遠くまで（わたしをはなれてゆく）遠くまで

暮らしとはわたしにとおい言葉かもしれず耳から冷えてくからだ

花は葉に　そして乾いた浴槽に泡スプレーを吹きかけている

祈るならあなたのことを

銀色に輝く海の、きのうまでいた街の地図を無くしてしまう

大きい胸の揺れてる人に目がいってまだ夏風の吹いている街

すんすんと船は進んでのどあめはのどより舌をさわやかにする

あじさいは「flower」という名で描かれてそこには雨の降らない窓辺

祈るならあなたのことを　てのひらを合わせてこころに近づけていく

だって私はここにいるから時間経つごとに日陰の減っていく橋

階段に風、

許せない人がこの世に生きていて打ち水の輝いている晩夏

花火大会終わってもまだポスターが剝がされてないままの店先

煮出しした麦茶が冷えてゆくまでを海岸で遊ぶように過ごした

生活がいつかあなたを離れても　ＳＫＹＹウォッカの瓶を花瓶に

夕立に笑われて、多分この町のあなたも笑われているひとりだ

濡れたままそれでも町は町だろう地下鉄の駅を探して歩く

真っ白な月に昼間は　声と言葉は違って声を思いだしつつ

地下へ行く階段に風、学生の頃のあなたに出会いたかった

波のよう

あなたが走ればあなたの影も走るのを見ていたラグビー場の広さに

離れればそれだけ遠くへいく声が心が君が、波のようだね

Ⅱ

やりすごす

雪の降る窓を背負っているような子の居眠りに静かに触れる

無表情みたいな冬のさなかにも職員室で長く打つメール

青空に風のひとつが連れられてこの町の火事を大ごとにする

消しゴムを投げた生徒を見逃すか叱るか迷う三月の朝

こころにもさいたさくらが苦しくてもう助けたいとは思わない

生徒らは午後の国語をやりすごす雨に濡れてく景色を見つつ

乾くまでただ待てばいいひたひたに濡れて重たい怒りのことも

雨を待つ

海沿いをひかりのような帰り道　失恋の曲口ずさみつつ

鳥になるまでは縁石の上を行くときどき両手広げたりして

「きれいです」と言われて困る試着室に黒の下着をつけた私が

プロポーションカードに痩せた身体に合う下着のサイズを書いてもらった

できぬ子がもう諦めて青空を見ている春の実力テスト

鎖骨のくぼみにいつからか咲いたネモフィラがときどき揺れるみたいに痛む

そんなことないですよっていう声のよく冷えている職員室は

自閉症の疑いのある子の席を窓辺にやって降りやまぬ雨

会うたびに「先生、ねむたい」という生徒の眠気をもらって戻る教室

期末テスト最終日の職員室に甘納豆をこぼしてしまう

やったって無理という子をなだめつつバレーボールを拾う腕《かいな》は

封をされた手紙のような女子生徒何かを言いたそうな目をして

教室の窓辺で雨を待つような顔して明日の予定を書く子

新しい紺の下着がちゃんと馴染む六キロ痩せた夏の身体に

なにもしてあげれんかったと泣いたって職員室はただの水槽

雨が降ることも楽しむ生徒らの残像がまだ教室にある

前触れもなく

可燃ごみまとめて捨てにゆくときの朝のこんなにきれいな鼓動

二児の母になった友おり花火の音に外出るときも母の顔して

ひとりではもうなくなって友という母が花火を前に子を抱く

足だけ濡らしたような寂しさ引きずって向かう夜空の開ける場所へ

そうやって笑っててほしい　子どもらにアンパンマンマーチ歌わせてあなたは

この町の夏をもっとも明るくして前触れもなく花火が終わる

something

給食のメニュー書かれる黒板に誰だ something to eat って書いたの

「心の部屋」と呼ぶ部屋は一階にあり今日は利用の無きまま午後へ

列島のような染みあり美容室のカットクロスのひざのあたりに

傘ひらく、傘ひらかれる　なにとなく人は言葉で傷つけられる

wを四画で書く生徒来て部屋は一人のときより静か

矢野先生に行かないはずとは聞いているけど「部活は行く?」と声をかけたり

あの子の場合教室に行かないのは甘えよ、とそれでも笑いながら先生は

雨のほとりに住む家はあり　帰ったら傘は広げて乾かしておく

誤魔化す

タクシーの窓から見えた花水木のことを話して目的地まで

この本はいつまで新刊なのだろう畳んだ傘からふる春時雨

かなしみを誤魔化すために怒るような日々のさなかに木蓮は咲く

その人は元バスケ部で話途切れるたびにシュートを打つ真似をする

花冷えのごとくぬーっと現れてそのままずっとついてくる猫

裕子

会う約束ひとつしている噴水が青空を洗い続ける駅に

君の分も貰って君に手渡して紫陽花苑の青いチケット

遠くから見れば水面は輝いて変だなこんなに好きってことが

裕子って呼べばふり向く　飛行機が大きく見えて空港が近い

紫陽花が指に触れ心に触れてどうして君が君なんだろう

日帰りの君を見送る飛行機を今日見た数だけ胸に放って

日々に木々ときどき風が吹いてきて

痩せたって言われたらそれだけでうれしい　指で輪っかをつくって覗く

日々に木々ときどき風が吹いてきてわがままな君が羨ましいよ

太めのパスタ茹でる9分間遥か遠くの町で夕立に会う

噴水が高さを変えて動いていてさみしさが君に会いたがってる

diary in the sea city　（映画「海街diary」より）

無くなったはずの時間を思い出すたびに夏には夏の花咲く

初めて会った姉に手を振るもうすでにあふれて日々に波の音して

風鈴のさやかに鳴っている部屋がわたしの場所になるまた振り向く

海もっとも眩しく町に会う人の暮らしに咲き長らえて季節は

手を舟の形のように百日紅の落ちているのを静寂《しじま》へはこぶ

生きるってどうもひとりには戻れない　眼に夏の庭が広くて

「やろうよ、四人で、花火。」

手花火の火だけをもらうその火からほつほつと零れていくひかり

うすむらさきの切手

彩花さんをみんながはなさんと呼んで彼女は目元がいちばん笑う

夕立のように泣く夜のそののちを静かに本を開いて座る

メイク落としシートは水を沈ませてためらいもなく日々の春めく

あなたにはなれないことの静けさにうすむらさきの切手を貼りぬ

振り返ってばかりの私を追い越していくのがわたしでありますように

いつか

産むことを私は知らず途中までできたパズルを指で崩して

私のほうふり向きもせず手術室へ母はひとりで歩いていった

カーディガンの薄さを羽織る　一人になれば一人でやれることをするのみ

母の死後を思わず想像してしまう空の洗い物かごを見つつ

「座って」と言われて家族として座る待合室の色濃きイスへ

いつかわかるだろうか母の気持ちが　海辺のほうへ寄るバスに乗る

声だけが

私のせい、と思うのが得意なこころ　五月の風へはためかせつつ

どこへやることもないまま握る手のなかに小さな怒りはあって

大丈夫、と答えて嘘の割合の大きいときほど笑ってしまう

声だけがいつも明るい先生の理科の授業が聞こえる廊下

「もっとしっかりしてよ先生」と私に言う十三歳の無邪気な眼は

叱られた生徒のような声になる美容師にかゆいところを聞かれて

放課後の音楽室に泣き出したひとりの生徒をただ見てしまう

不審者対応訓練に青痣つくる六月　遠い空に吹く風

遠くても

コピー機が動く音して起きるまで波の匂いのする夢にいた

向き合わなければいけない日々の、遠くても真白くひらくくちなしの花

プールから出てきて少女からだから水を溢して地面を濡らす

忘れてはいけないことを書く付箋でいっぱいになる午後の机は

空の間の抜けた明るさ広々と飛行機雲をひとつ浮かべる

父とうまく話せずにいる休符ばかりの楽譜のように言葉途切れて

表情をこちらに見せず黒縁の眼鏡外して「そうか」と父は

そこになにがあってもいいと思いつつ行く七月の遠いさざ波

ばいばい、と言って離れてゆく子らに手を振りながら夏にも振って

Ⅲ

貝殻を拾う

泣けばいいのに泣かないからよ　妹はパン生地をこねながら笑った

砂浜を歩いてきれいな貝を拾うようなあなたと話す時間は

もう夏は振り返って見るくらい先、どうしても人を傷つけてしまう

雨の日の、謝ることは許されることではないが傘をひろげる

妹であることをよく受け容れて妹笑う後部座席に

もうそろそろ寂しくなってきたころの夏のシーツをクリーニングへ

借りたままそれでもこれは妹のブラウスだから仕舞う袋に

落ちてゆくところだけ見せ噴水は秋の光をとめどなく吸う

ばかみたいに泣いた　羽なし扇風機の風の向きが今だにつかめない

つばさのような

まず耳が真っ先に起き五時半の小さな音を耳は集める

洗濯物冷たく乾く　中継で見ている遠くの火事の現場を

ありがとうを言えない子らを叱りつつ職員室のコピー機使う

借りたまま返していない傘のことふいに思ってこころに差して

少女走る体育祭のリハーサルの放送の鳴り響くさなかを

折り畳んだつばさのような腕をして机に伏している陸上部

連休に入ったたっきりそのままの絵筆に海の色重たそう

人も自分も短所ばかりを見てしまう癖　手の汗が紙に吸われて

ひかりと遊ぶ

ほとんどが聞いていないと思っても続ける他ない学級会は

春になったら、という話をしてみるがクラスの誰も顔を上げない

鳥の声に窓を向く子は去年まで特別支援の教室にいた

昼の陽の落ちているのを踏み歩き子らは廊下のひかりと遊ぶ

へらへらと笑う男子がその笑いこらえつつ「お前うざい」と言った

そこで怒れよという声を聴くぶら下がる木通のような冷たさの声

カンニングする子の席の横に立ち「稲穂」という字書くまでを見る

悪いとこばかり見てたらだめだよ、と教務主任の明るさは言う

玄関を出れば水辺の匂いして日暮れが打ち水に濡れている

もういない人ばかり思い出すことの、水を含んだ口が涼しい

終了のチャイムにカーテン開けられて少し明るくなる教室は

一年生の生徒全員ふかぶかと礼して今日の授業が終わる

君と会うことのたしかな夕暮れに職員室の鍵を閉めたり

列の長さ

映画はじまるようにピアノに手は置かれそこから歌の伴奏は鳴る

疲れたと思ったときに目が合った隣のクラスの静かな教師

生徒らを叱れば叱るほど遠くなってく海辺こころの中の

先生、今日不機嫌だねと言った子は自分のせいと思っていない

とっくに空のカップを持ち上げている人　心はひどく痩せてしまって

忘れました忘れましたと言いにくる列の長さに冬が続いて

それだけ

「悪口をいったら泣いた。それだけ」のことでも子らを残す放課後

泣くやつも悪いですよ、という子らの話を黙って聞いた放課後

それなりの訳

来るまでに出会った雨を連れてきてあなたは私の部屋を濡らした

折りたたみ傘をきれいに仕舞うのが下手なあなただ　また手が濡れて

こんなにも不甲斐ない両手　受け取った花束を抱えて座るとき

休むにはそれなりの訳　マフラーを風が勝手に外したりする

出るごみの多さを思いつつ飾る花束大きなガラスの瓶に

道路幅を狭くしている解体工事の、ビルは半分ほど崩されて

どうしても遠い　あなたの指先が風花を降らせているとも思う

浴室の窓に明るい陽が差して君と離れた身体を洗う

もう少しあなたを見せてほしかった　二月はいつも急に終わるね

Ⅳ

止まない拍手

壊れたら直せばいいと繰り返すあなたの声かファゴットの音か

五十分ほどの交響曲が終わる　会場すべてを苦しくさせて

〈草木深し〉みたいな色のチケットの半券をずっと手に持ったまま

そうか終わりはいつでも迎えられるのかホルン奏者がホルンを降ろす

足の悪い指揮者を何度もステージの真ん中まで出てこさせる拍手

過去のことは反省しない傾けばその分水は零れるのだから

これまでの旅の話をするようにヴィオラの調弦低く始まる

譜面めくる数秒間の演奏をほかの楽器に任せてめくる

アンコールの曲の最後を観客のひとりがひどく台無しにした

今までを全て捨て去るような曲の、あなたは最後泣いただろうか

波のように拍手は止まずコンミスの女が立てばさらにうねって

壊す

今日ずっと雨が降ってたはずなのに雨だけを見たときが無かった

戦いが町を壊してゆくように手元からカレーライスは減って

さっきまで奥に座っていた人が雨降りだすようにいなくなる

Auschwitz

手袋を手から外して手に持たす長き祈りの言葉の中で

ピアノが弾けるようになったらモーツァルトの曲を弾きたいこの明るみに

看守任務を通知葉書で知った夜の暗さを握ったままのてのひら

祈るために行く教会が無くなれば家の窓辺が祭壇になる

少しずつ言葉が減ってゆく町に響く足音、何かの、誰の

収容所の広さの上に乗っかった信じられないほどのあおぞら
「ARBEIT MACHT FREI」の看板をぬけるとき耳に薄氷を張る
命令を聞くのが仕事　でもなぜかあなたの海がとても冷たい

春の野を駆けまわる風思いつつ髪はらはらと刈られて床へ

火がゆらぐような怒りをもつ声に雪を与えている空だった

壊すことたやすく冬の寒さにも火は飛びながら人間を焼く

殺しても殺してもある感情のどこを軋ませたらいいだろう
戦うのだ　なにと　窓から見える木の枝が炎のように広がる
今よりも幼い顔で思い出す妹、祈りの瞼の中に

人間でなければ越えられる柵へ誰かが鳥のごとく走った

春の沼たぶん私がそうさせて隣に君が泣いている夢

雪解けの水にぬかるむ焼却炉のそばに朝《あした》を行かねばならず

魂をそぎ落としにゆく冬の朝の顔洗うのに石鹸がない

戻れない道ばかり来た　そんなことないよって、あなたがその声で言う

屋根もないところに服を脱ぐときの人は死を待つ木蓮だった

死後の手に触れてどれだけ濡らしても濡らしてもこころが返らない

向けられた銃を睨んでいたひとの死ぬまで空をうつしていた眼

ゆらめきのなかをあゆめばぐちゃぐちゃの雪のじめんにあしあとがつく

ただしいと決めるのはだれなのだろうまちがすべてをのんでこわれる

見たもののすべてをおもいだすあいだ野にひろがってゆく火を見てた

V

ちがうのに

それはまだ火のままだった三月の右のまぶたがひくひく動く

先生を辞めますと告げる日もこんな雨の降る日のような気がする

コピー機が読み取って出す原稿のまるでひとつのため息のよう

夢の中を夢と気づいたことがない扉の音がないのだけれど

私だけがこんなにつらいとたまに思うちがうのに　遠くのジュンク堂

心は冴えるけれども鈍い感情がおさまりやまず三月の空

仕事だけしていればいいいと思う心に貼りつけたような満月だった

何もない

春雨に濡れないない傘の内側であなたに見つけられて手を振る

どちらともなく歩き出す春の道どの季節より広く感じて

何もない、といったあたりに何かある日照雨のようなあなたと話す

オムライスの丘を崩してすくうときこんなにこぼれやすいきっかけ

ナフキンをちいさく畳むこの人に笑う以外の表情がない

さくらさくら咲いて景色が軋むのをてのひらだけが静かに見てた

指先が季節に冷えて悲しみをなかったことにしないでほしい

見ているのはあなたの一部にすぎなくて橋の終わりに欄干消える

春祭りの朝さわがしく君がほしいと思っても君は毛布を畳む

にぎやか

失ったものばかり思い出す夜の失ったから忘れられずに

満開の桜はどこか苦しそう何も言わないあなたにも似て

色のある春しか来ない映画館の大きな染みのあるカーペット

夢で会うあなたは梔子の花だった痛々しいほど白い色して

わたしだけが傷つかないで生きていることの春ってにぎやかすぎる

一行の詩

犬の鼻ぐだっと濡れていてわずかながらに冬の寒さが残る

一行の詩を読むための眼のはやさで初春の雪降っている昼

春の波摑みかかりにくるように細い素足のほうにきて去る

花疲れ、という趣　目に見えるものにばかり安堵して人間は

春先に明るい色を塗り足してこころを無くしてからが本当の

もうすでに言葉にしない出来事をこの世の春に鞦韆ゆれて

あなたみたいに

でもうまくやってるじゃん、と言った人を殴るみたいに笑ってしまう

羊雲うすく開いて崩れてく　あなたみたいに優しかったら

ばんざいの形に眠る君の夜を手のひらがくらき闇へとのびて

よわすぎるのはあなただよって言いたくて言わなかったけれど晩春

奥底から人を嫌ったことがない心に花水木ひどく咲く

六月のひとひを会ってそのときは気づかなかったあなたの雨に

いちはやく次の季節を連れてくる夜　引き寄せるようたたむ傘

まだあなたと逢う前の夢見たときの春だったのかとても寒くて

わからない

一緒だと思ってたって言いながらあなたは雨のように笑った

ひかり降る窓を遠くに見ていても　なにがくるしいのかわからない

雨の日は常に暗さをともなってもうどうにでもなれ、とも思う

歪み

人と会うから起き上がる夕方のまずは涼しい服を選んで

憧れはときに殺傷　この町の深いところを水は流れる

思い出すたび憎くなる人のいて　初夏にはためくsaleののぼり

踏切が開かないことを笑いつつ煙草の匂いさせている人

人の眠りのなかを溢れてきた木々の枝がわたしにまで触れてくる

忘れたいこと置いておく海岸を心に持ってたまに見に行く

この人が見ているものを見ないまま生きるさなかに湖《うみ》は冴えきる

口笛を吹くとき少し優しくなる眼のあたり君を遠くへ帰す

来た道がすべて砂漠となる夜の歪みのなかの手のひら洗う

Ⅵ

季節のような

かぎろいのひとりだけれど一人じゃないって思える春のそのあたたかさ

主婦ふたり出ていってからこのカフェが急に静かな空間になる

店員のエプロン長き店にいるコーヒーしずかに運ばれてきて

スクラップ用のはさみがこの春のペン立てに立つ一番高く

言葉まで季節のようなあかるさでわたしを励ますために来る人

まだ一度も降りたのを見たことがない踏切のとおくとおくなのはな

春はあけぼの、ようやくこころ追い越して早起きが良い習慣になる

もうすでに過去が日差しのようにある道をひたすら進まなければ

散らせるよう声に出す詩がある鳥を見るたび思いだしてしまう詩

私が泣くから困ったなって顔をして春の離れで伏せている犬

行かなくちゃ、ひとりででもそう春の道に白いはなびら流れていって

どこまでも続く春風吹くなかを帰ってしまう人に手を振る

丘に着く前に泣き出すほんとうにあなたって人はあなたって人は

春は好きだな

心にも満開の桜があってそれを不安と呼べばきれいだ

眠る子を起こすさみしさ持ちながら声は腕《かいな》はその子へ向かう

手洗い後の濡れた手のひら持て余す職員室に午後の静けさ

いっときを泣くためだけに費やして春よく濡らすすべてのものを

クラシックバレエを辞めた足先が体の前の陽に触れたがる

白木蓮とろとろと散る言葉では伝えられないことの多さに
出勤の車の中で泣くような春になっても春は好きだな

素足のまま

カレー屋の席に座ってこの人は降らない雨のことばかり言う

雨の日は人の気配が濃くなって白い封筒のてがみが届く

どこにもいけない人だと思う君の背の肩甲骨に触れてはじめて

声がすきでそののち他もすきになることのはるかに降る夕立は

夜のシーンばかりが印象的だった映画の、紫陽花の淡く咲く

すれ違うことがこんなにも苦しい夏を素足のままで過ごして

波の音のながい夕方　さみしさを楽しみながら二人で歩く

stay here

身にひとつひとりにひとつからっぽの身体のなかに聲つくられて

どうしても冬が嫌いだ　君の飲む薬の覚えられない名前

ほんとうのこころで泣いたことがない眼にも耳にも雨はひびいて

ひらかれてページに折り目つけられてやっとこの世のものとなる本

女ではありたくないと思うほうの心とともに髪切りに行く

封筒に入れた手紙の重さごとポストに差してあとは待つのみ

昼間ねむれば冬にも現れる蝶の、わたしは君になりたかったよ

余白

教師だから泣かないときと教師だから泣くときとあり、紫陽花が咲く

集会を終えたそののちグラウンドに誰もいなくなることの寂しさ

「もう何もしたくないんだ」という生徒と日向ぼっこをする五時間目

話すまで気づかなかったあなたにもあなたの海辺があるということ

どの声も遠く聞こえて方眼ノートの余白のように午後はひろがる

手は君に差し出したけど心まであげられなくてごめん　夏草

私にはひとつしかない　怒りも虚しさも優しさもつめこんで夏の身体は

言い訳

貝殻のような形の耳をした生徒に渡す原稿用紙

ずいぶんとだめな人だと思うときこころはどこか楽しげである

「あなたがいれば」と言われる日暮れ　紫陽花も暗さを与えられ暮れてゆく

シクラメン担当大臣なるものが教師の係のひとつにあって

謝るときは言葉ではなく態度で、と教えて放課後生徒を帰す

「変わらない人」と言われる褒めているように言われる夏の故郷に

シクラメン担当大臣夏休みにばちんばちんと葉を切り落とす

眼差しのやけに鋭くシクラメンの落とす葉を選る社会科教師

ゴミ箱にいっぱいになるシクラメンの葉　夏休み残り三日の

ずっと遠くにあるのに急にやって来て私をいらいらさせる　夕立

きっとだれも殺さず終わる人生の長雨に赤い傘さしてゆく

ワクチンを容れたからだの熱っぽく水っぽく今日の日記を付ける

傷つけたくなかっただけの八月の雨にずいぶん濡れた自転車

窓際に並ぶ鉢植え　生徒らの登校の声が耳に楽しい

八月のながく続いた雨だった町のすべてがたしかに濡れて
この街の夕暮れの短さが好き　手のひらずっと汗かいている

awake

わたしにわたしの道があるからそこを行くだけの景色のまひるまの月

感情の上辺を掬う　夕暮れの、遠くにいったひとの口づけ

舟を漕ぐからだのやわらかい動き好きな人みな六月生まれ

この椅子に凭れかかって春を待つ返事のようにまだ遠いのに

木蓮を胸に宿しているときのあなたの声を痩せつつ聞いた

あなたの肩にとおくで触れた　眼にはうつらないけど見えている夢

黒板に「皐」と書きつつ横の棒四つのリズムが今は楽しい

このところ繰り返し聞いている歌の、こころはいつもわたしの後ろ

順番をちゃんと待ってる　三月のポプラが晴れの空に近くて

目をつぶる　この世界にはそれでしか聞こえてこない音があるので

弱さは負けだ　負けても人生は続く　白木蓮のきれいな季節

諦めた気持ちを波へとひたす場所あなたのこころにもあるだろう

大きいほうから小さいほうを引くのよ、と声は芽吹きのような明るさ

目覚めればまた私をくり返す世界に生れて風になるまで

あとがき

私の決断を、誰かに「正解だ」と言ってほしい。中学生の時に吹奏楽部を選んだことも、クラシックバレエを辞めたことも、教員という仕事を選んだことも、海外留学を諦めたことも、短歌を詠み続けていることも。でも、誰一人、私にそれを「正しかった」と言ってくれることはなくて、というよりも、他人が正解を知っているはずがなくて、だから私は、自分に「私の決断は正解だったんだ」と言い聞かせながら生きている。

いつか、言い聞かせるのではなくて、本気でそう思える日が来るといい。その日まで、私はまだこれからもたくさんの決断をするだろう。そう思えるように、そう思える日が来るように、私は自分の日々を短歌にしながら、生きていくこととする。

これは、私の第一歌集です。短歌を始めた高校生の頃から、ずっと自分の本を出すことが夢でした。この歌集には、二十一歳から二十七歳までの歌を収めました。

制作順に並んでいますが、修正・追加・並び替えなど手を加えています。

歌集を出版するにあたって、栞文を寄せてくださった大松達知様、黒瀬珂瀾様、大森静佳様、助言をいただいた吉川宏志様、染野太朗様に心より感謝をいたします。また、「塔」短歌会、岡山大学短歌会、神楽岡歌会のみなさん、uraのメンバーに、たくさん支えていただいて、歌を作ってこられました。十年来のご縁に感謝し、お礼申し上げます。

本書の製作にあたって、現代短歌社の真野少様、装訂は間村俊一様にお世話になりました。本当にありがとうございました。

二〇二三年春

川上まなみ

著者略歴

一九九五年、岐阜県生まれ。
高校時代に短歌と出会い、岡山大学短歌会を経て、
現在、「塔」「ｕｒａ」所属。

塔21世紀叢書第四二五篇

歌集 日々に木々ときどき風が吹いてきて

二〇二三年三月十九日 第一刷発行

著者 川上まなみ

発行人 真野 少

発行所 現代短歌社

〒六〇四-八二一二

京都市中京区六角町三五七-四

三本木書院内

電話 〇七五-二五六-八八七二

装訂 間村俊一

印刷 創栄図書印刷

定価 二二〇〇円(税込)

ISBN978-4-86534-420-2 C0092 ¥2000E

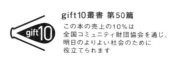